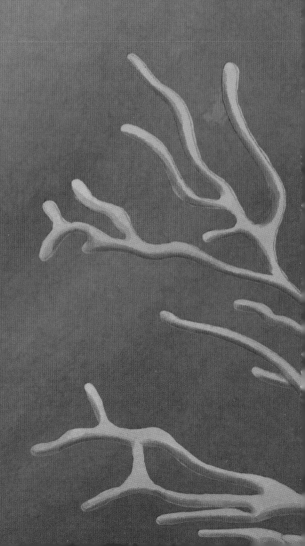

Puedes consultar nuestro catálogo en
www.picarona.net

Alana y las algas misteriosas
Texto: *Alice Cardoso*
Ilustraciones: *Sandra Serra*

1.ª edición: junio de 2018

Título original: *Alana e as Algas Misteriosas*

Traducción: *Lorenzo Fasanini*
Maquetación: *Montse Martín*
Corrección: *Sara Moreno*

© 2008, Alice Cardoso & Sandra Serra
(Reservados todos los derechos)
Edición publicada por acuerdo con Edições ASA II/Texto Editora, Ltd.
© 2018, Ediciones Obelisco, S. L.
www.edicionesobelisco.com
(Reservados los derechos para la lengua española)

Edita: Picarona, sello infantil de Ediciones Obelisco, S. L.
Collita, 23-25. Pol. Ind. Molí de la Bastida
08191 Rubí - Barcelona
Tel. 93 309 85 25 - Fax 93 309 85 23
E-mail: picarona@picarona.net

ISBN: 978-84-9145-176-1
Depósito Legal: B-10.309-2018

Printed in Spain

Impreso en España por SAGRAFIC
Passatge Carsí, 6
08025 - Barcelona

Texto: Alice Cardoso *Ilustraciones:* Sandra Serra

Alana
y las algas misteriosas

Picarona

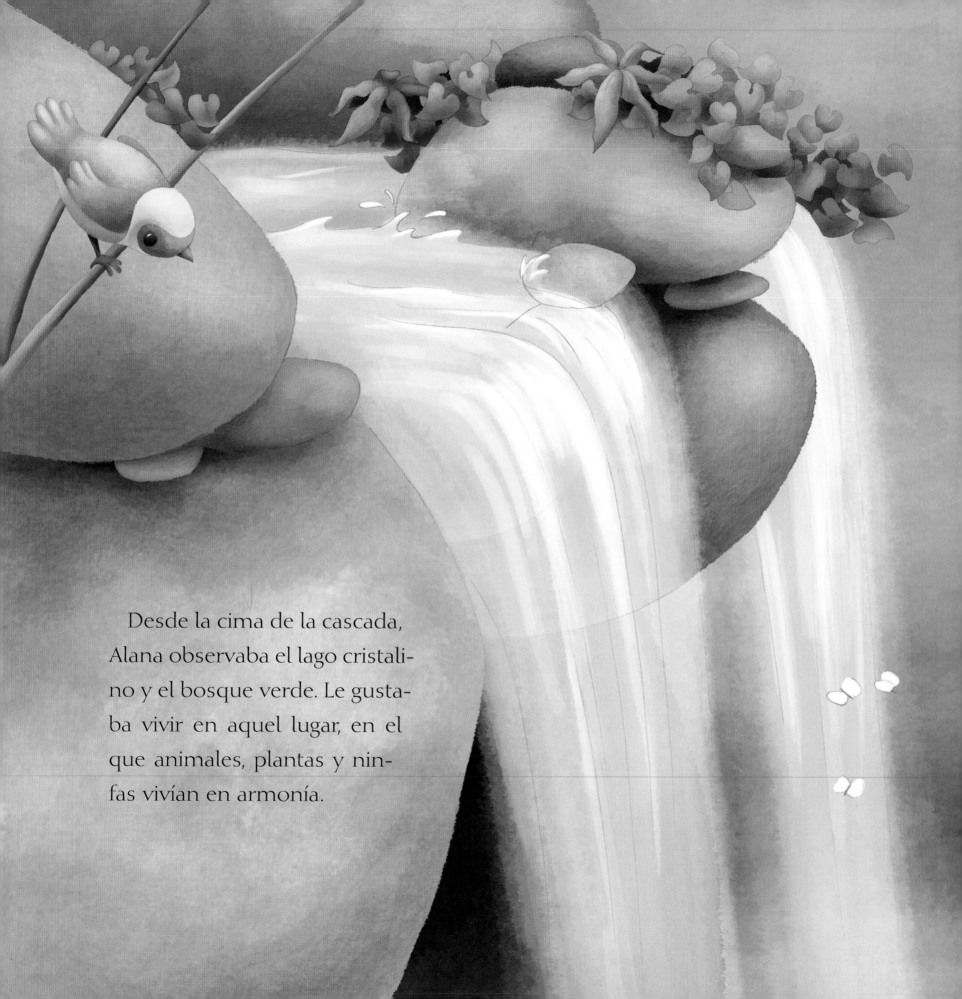

Desde la cima de la cascada, Alana observaba el lago cristalino y el bosque verde. Le gustaba vivir en aquel lugar, en el que animales, plantas y ninfas vivían en armonía.

La pequeña ninfa agarró una enorme hoja de un árbol, abrió los brazos y saltó desde lo alto de la cascada. Con la ayuda de aquella ala improvisada, Alana podía volar como una libélula. Le encantaba la sensación de planear sobre el agua escuchando sus murmullos y secretos.

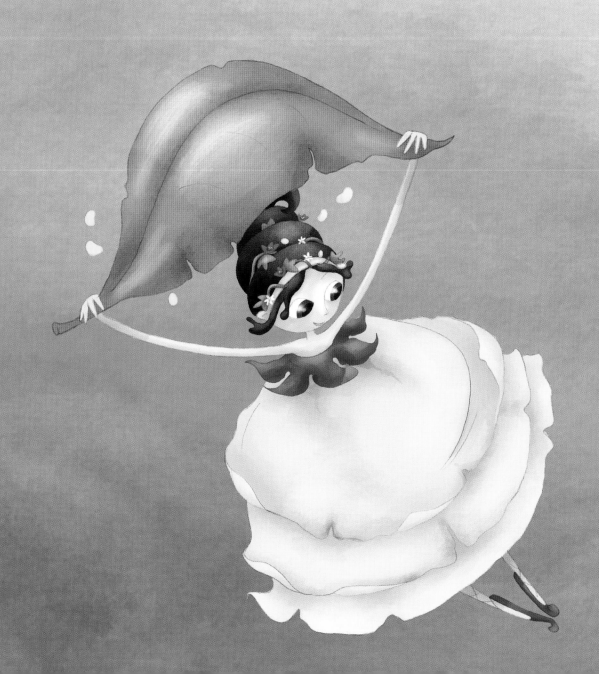

En seguida soltó la enorme hoja y cayó con estrépito en la espuma blanca de la cascada…

¡Splash!

En la orilla del lago, la reina de las ninfas la observaba y sacudía la cabeza, mientras tejía guirnaldas de flores… ¡Alana era tan traviesa!

—¡Ten cuidado, despistada! –gritó de repente un enorme pez rojo con aire gruñón–. ¡La próxima vez, mira dónde saltas!

Alana se disculpó, y el pez, soberbio, siguió nadando.

—¡Has molestado a Don Enojado! –se rieron los demás peces–. Pero no te preocupes, él siempre está enfadado.

Alana se puso entonces a jugar con los peces voladores dando saltos muy altos…
Y luego… Un paso de baile, un tirabuzón, una pirueta… La pequeña ninfa bailaba
en el agua teniendo como escenario el arcoíris que se había formado entre la nebli-
na de la casada.

–¡Alana, ven! –la llamó una rana que chapoteaba en un pequeño charco junto al lago.

La pequeña ninfa observó a su amiga. La rana tenía la piel húmeda y pegajosa; las patas de atrás, mucho más grandes que las anteriores, le permitían saltar, y las membranas de las patas la convertían en una buena nadadora.

—¡Ven conmigo, quiero presentarte a mis pequeños! —dijo la rana.

Se sumergieron juntas y Alana vio un grupo de pequeños renacuajos nadando inquietos entre los peces del lago, mientras mordisqueaban torpemente unas pequeñas algas.

Mamá rana estaba feliz y orgullosa.

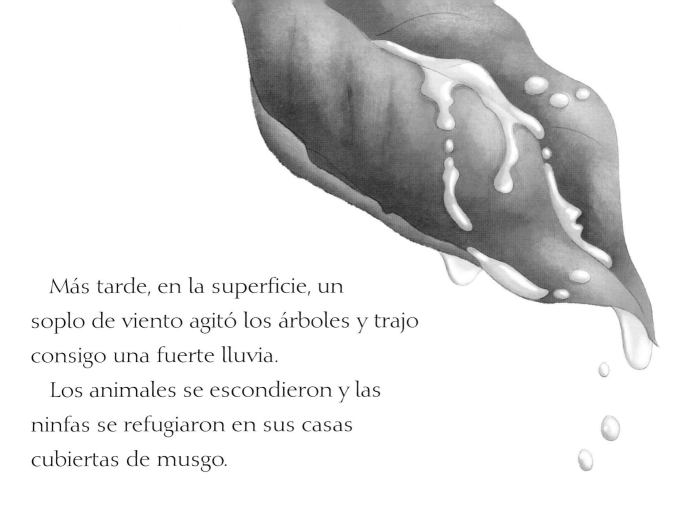

Más tarde, en la superficie, un soplo de viento agitó los árboles y trajo consigo una fuerte lluvia.

Los animales se escondieron y las ninfas se refugiaron en sus casas cubiertas de musgo.

Llovió durante varios días.

Y cuando por fin la lluvia cesó, Alana volvió a subir a la cima de la cascada.

Respiraba el olor de la tierra mojada, mientras que las gotas de agua que se resbalaban de las hojas de los árboles caían sobre su piel, con un suave «ping», provocándole escalofríos.

Alana miró hacia abajo, sintiendo de nuevo la llamada del agua cristalina, y saltó, descubriendo nuevas formas de mover el cuerpo en el aire…

Primero, se lanzó con un ligero impulso y se sumergió en el agua… ¡Splash!

Luego, volvió a la cima de la cascada para tirarse de nuevo, con un doble tirabuzón carpado…

¡Splash!

Alana se sumergió estrepitosamente en el agua del lago.

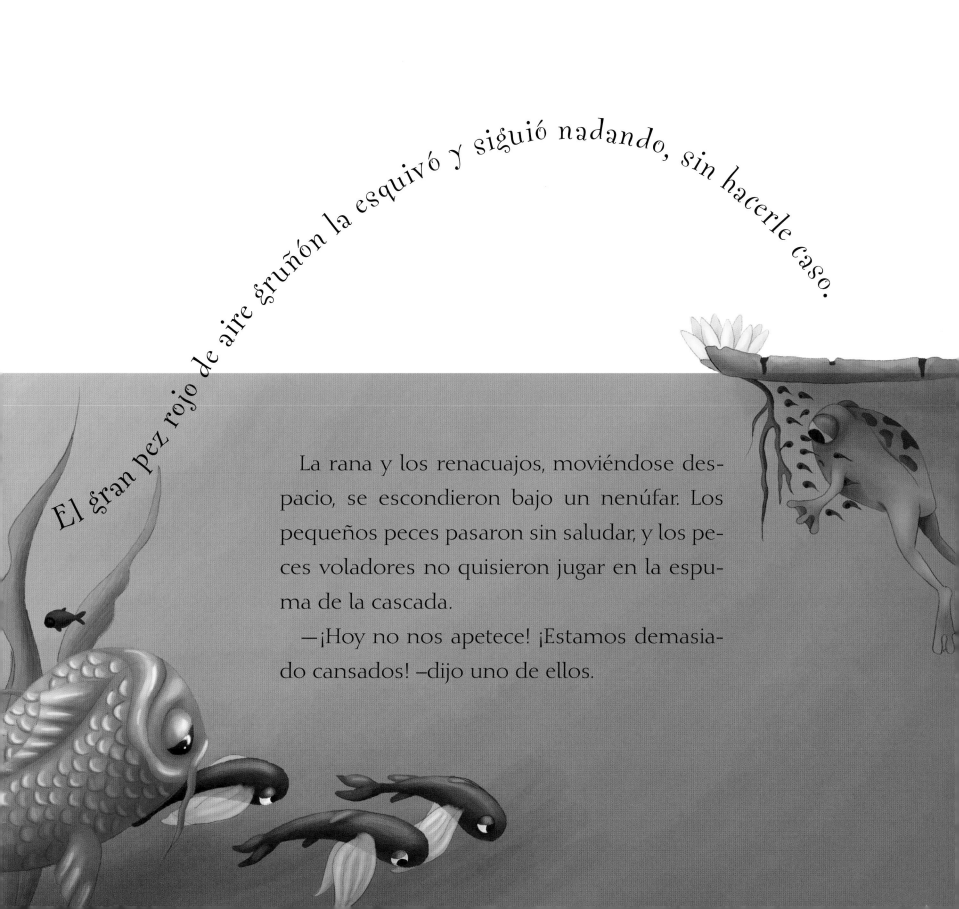

El gran pez rojo de aire gruñón la esquivó y siguió nadando, sin hacerle caso.

La rana y los renacuajos, moviéndose despacio, se escondieron bajo un nenúfar. Los pequeños peces pasaron sin saludar, y los peces voladores no quisieron jugar en la espuma de la cascada.

—¡Hoy no nos apetece! ¡Estamos demasiado cansados! —dijo uno de ellos.

¡A Alana todo aquello le pareció muy extraño!

¿Qué estaba pasando?

—Qué perezosos están todos –murmuró.

Miró a su alrededor, buscando una explicación…

El bosque seguía verde, el lago seguía cristalino, con sus nenúfares y…

¡Algas! Alana notó que el fondo del lago estaba cubierto por algas de un color y una forma que nunca antes había visto.

—¿Se podrán extraer de ellas unas buenas esencias? —se preguntó—. Voy a coger algunas. Quedarán preciosas en una diadema.

Alana intentó coger un alga, pero eran muy difíciles de arrancar. Tiró con fuerza y consiguió hacerse con unos pedacitos.

Sin embargo, cuando ya estaba lista para subir a la superficie, vio que las algas se habían enroscado alrededor de sus piernas. La pequeña ninfa se agitó intentando liberarse, pero las algas la retenían en el fondo del lago…

Su corazón latía fuerte. Estaba realmente asustada.

De repente, la pequeña ninfa sintió que su energía estaba desapareciendo, de la misma forma que les estaba ocurriendo a los demás animales del lago...

Entonces se acordó de que algunas especies de algas eran dañinas para los seres acuáticos. ¿Eran ellas la causa de aquel cansancio? Y los pequeños renacuajos que se alimentaban de ellas, ¿corrían peligro?

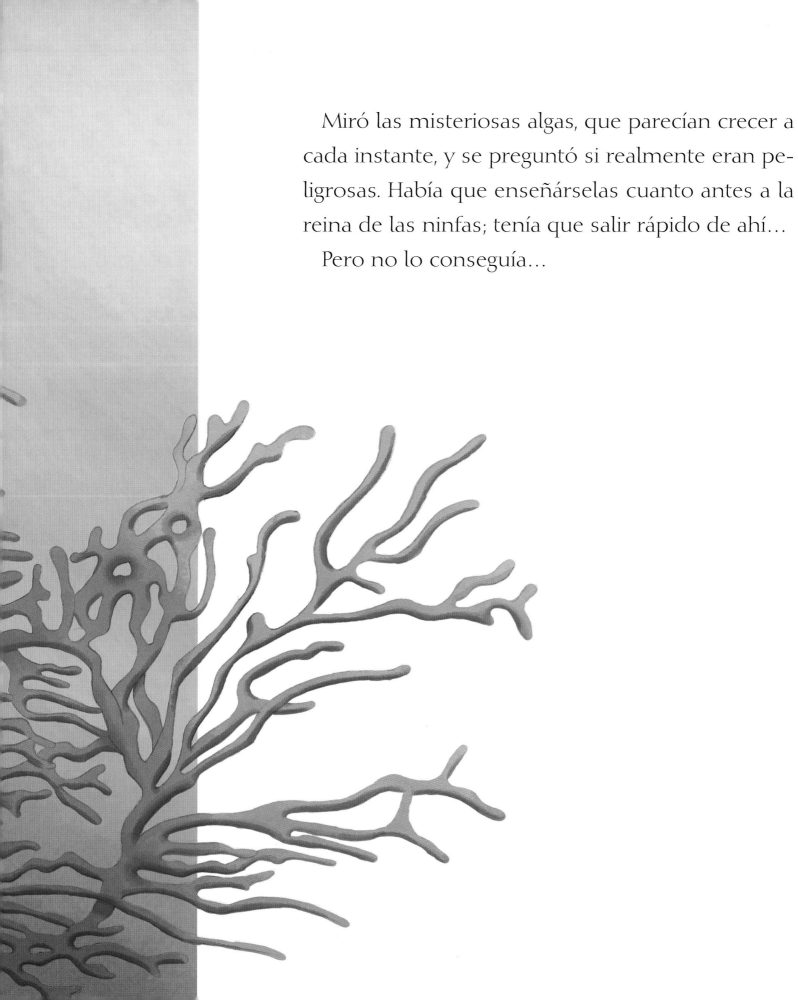

Miró las misteriosas algas, que parecían crecer a cada instante, y se preguntó si realmente eran peligrosas. Había que enseñárselas cuanto antes a la reina de las ninfas; tenía que salir rápido de ahí...
Pero no lo conseguía...

—¡Vamos, Alana! —escuchó.

Y después… «PUM».

Un gran estirón la liberó definitivamente de las poderosas algas y la llevó hacia la superficie del agua.

El gran pez rojo de aire gruñón había acudido
en su ayuda.

—Salva nuestro lago, Alana —le rogó.

Alana, que llevaba en sus manos unos pedazos de aquella extraña especie, nadó hasta la orilla del lago para enseñárselos a la reina de las ninfas.
La reina los miró, los olió y confirmó que se trataba de un alga tóxica.

En seguida, todas las ninfas agarraron unos frascos de varios colores, se sumergieron en el agua y esparcieron esencias y líquidos vitales con la esperanza de destruir aquellas algas venenosas. La lucha entre las ninfas y las algas duró muchos días.

Cuando el peligro desapareció, los animales del lago volvieron a nadar llenos de energía, y hasta el viejo Don Enojado sonreía.

Sin embargo, la reina de las ninfas seguía preocupada. Sabía que no muy lejos de allí había un pueblo de hombres que no respetaba la Naturaleza. Y también sabía que las algas tóxicas habían nacido por acción de los fertilizantes vertidos por la lluvia.

Las ninfas debían tener cada vez más cuidado con el hombre y su conducta. ¡Afortunadamente, Alana, la Bailarina del Agua, siempre estaba vigilando! La reina de las ninfas miró el lago y sonrió.

Alana estaba bailando, ¡feliz!